AF186789

# Im Schoß der Bärin

## -Initiationsgeschichten -

Impressum:
„Im Schoß der Bärin – Initiationsgeschichten"
1. Auflage 2023
Urheberrecht:
© Andreas Wehle 2023
Herstellung und Verlag: BoD – Books on Demand, Norderstedt

Kein Teil des Werkes darf in irgendeiner Form ( durch Fotografie, Mikrofilm, oder ein anderes Verfahren) ohne schriftliche Genehmigung des Urhebers reproduziert oder unter Verwendung von elektronischer Systeme Verarbeitet, vervielfältigt oder verbreitet werden.

Bibliografische Information der Deutschen Nationalbibliothek: Die Deutsche Nationalbibliothek verzeichnet diese Publikation in der Deutschen Nationalbibliografie; detaillierte bibliografische Daten sind im Internet über dnb.dnb.de abrufbar.

Autor & Grafik: Andreas Wehle
Illustration: Andreas Wehle

Alle Rechte vorbehalten:
Andreas Wehle

ISBN: 9783744834056

# Vorwort

## Die Initiation

In vielen Kulturen der Welt werden die Menschen in verschiedenen Lebensübergängen begleitet oder erleben diese in besonderer Form und in besonderer Vorbereitung.

Die bekanntesten Initiationen sind die vom Knaben zum Mann oder dem Übergang vom jungen Mädchen zur Frau.

Ebenso erlebt man Initiationen von Schülerschaft zur Meisterschaft.

Von der Erkrankung bis zur Heilung.

Die in unseren Breitengraden noch wenig bekannten Übergangsriten und Initiationen zum Tode hin waren auch stets ein wichtiger Bestandteil des Lebens.

Beispiele für Initiationen sind z.B. Der Übergang Kindergarten – Schule, Schwangerschaft – Geburt, Umzug, Trennung, Jobwechsel, Rekonvaleszenz usw. Dazu zählt jeder Übergang der dem Wandel und dem Wachstum des eigenen Seins Zustand hilfreich ist.

Alles in Allem ist eine Initiation ein spiritueller Weg. Der spirituelle Weg führt vom Relativen zum Absoluten, vom Individuellen zum Kosmischen, von dem Getrenntsein zur Einheit.

Genieße die folgenden Geschichten und lasse Dich von den Initiationen und Transformationen berühren.

Andreas Wehle - Wildnis-Coach & Initiations(beg)leiter

## *Éloge*

„Lieber Andreas,

Vielen Dank, dass ich die Erste sein darf, die diesen Schatz in Händen hält.

Das Buch wird wunderschön. Die Geschichten berühren mich tief. An einigen Stellen hatte ich Tränen in den Augen und beim nächsten Lesen werden es andere Stellen sein, die mich bewegen.

Ich habe einen Wunsch für das Buch:

Ich wünsche ihm nicht, dass viele Menschen „ es finden" und konsumieren!

Ich wünsche dem Buch, dass „ Es viele Menschen findet, denen es dient und tief zu ♥en geht!"

Vielen Dank Andreas für dieses Geschenk

Von ganzem ♥en Kerstin"

# Inhalt

# -Nur Mut-

Die Tage werden kürzer.

Die Nächte dafür umso länger und so kalt dass es selbst den dicksten Pelzträger friert.

Levi hält seine Stupsnase aus dem Bau und schnüffelt.

„ Es riecht nach Schnee. Es wird Zeit die letzten Vorkehrungen zu treffen." So huscht er schnell aus seinem Bau und flitzt durch den Wald.

Zum Schutz legt er kurze Distanzen so etwa vom Baum zum Busch oder vom Fels zum Wurzelstock zurück.

Aus der Krone der Birke neben ihm krächzt es herab.

„Arg, arg. Husch, husch du ängstliches Ding, husch, husch.

Arg, arg!" Erschrocken verharrt Levi unter einem großen Weißdornbusch. Er erkundet woher diese Stimme kam und entdeckt den Raben und spricht ihn an.

„Werter Herr Markwart, erschrecken sie mich doch nicht so. Unser eins fällt noch vor Schreck um."

So versichert sich Levi vor dem weiteren durchstöbern des Waldes ob die Luft auch wirklich rein ist und sammelt mal hier und da ein paar Eicheln und Zapfen.

Mit einem vollen Sammelkorb geht es zurück in Richtung Bau.

Dort angekommen werden die Vorräte gründlich kontrolliert. „Eicheln, Würzelchen und Samen vom Klee, genügend Kraut für einen warmen Tee.

Zapfen, Weidenrinde und allerlei Saaten, so lässt es sich gut auf den nächsten Frühling warten."

Zufrieden mit der Fülle in seinem Vorratsschrank legt sich der Mümmelmann schlafen.

Von Tag zu Tag wird es kühler und der Schnee lässt nicht lange auf sich warten.

Wie eine samtige Zudecke legt er sich über das Land.

Dämpft die Gemüter und verlangsamt dem Gehetzten das Herz.

Nur hin und wieder unternimmt Levi einen notwendigen Ausflug nach draußen.

Eines Abends, es hatte drei Tage kontinuierlich durchgeschneit, rumpelt etwas an Levis Tür.

Erschrocken und ganz zittrig öffnet er sie ganz vorsichtig.

Es ist weit und breit nichts zu sehen.

Da fällt ihm das große weiße Schneegebilde vor seinem Bau auf. Plötzlich bewegt sich dieser Schneeberg und Levi macht erschrocken einen Satz nach hinten. Er erkennt den buschigen Schwanz der aus dem Schneeberg heraus ragt.

Zitternd spricht er den Fellbuschen an.

„M-M-Meister Reinike, sind sie das? W-W-Was machen sie denn bei diesem Schneegestöber an meiner Behausung?"

Nur ein dumpfes „H-Hunger!" war unter dem Schnee zu vernehmen. Dies beruhigte den Mümmelmann natürlich noch weniger. „Aber wie, aber wo, aber was kann ich denn da für sie tun?" fragt Levi entsetzt. Ein weiteres schwaches „Hilfe, bitte!" konnte Mael der Fuchs nur noch von sich geben. All seinen Mut nimmt Levi zusammen und zieht und zerrt den Fuchs zu sich in den Bau. „Als erstes mache ich ihnen einen warmen Weidentee!" bietet Levi der Hase dem Fuchs an. „Danach bereite ich ihnen eine Wurzelsuppe und etwas Eichelbrot zu."

Ein leises „Danke" hört Levi den Fuchs antworten.

Drei mal drei Tage dauert es bis Mael der Fuchs wieder vollkommen bei Kräften ist.

Voller Dankbarkeit stellt er Levi eine Frage.

„Sagen sie bitte Meister Lampe. Wieso?" Erstaunt fragt der Hase „Wieso? Was?" Mael präzisiert seine Frage

„Ich klopfte an so viele Türen und bat um Unterschlupf, doch niemand öffnete mir oder ließ mich herein. Nur ihr gewährtet mir Unterschlupf und teilt eure Vorräte mit mir.

Und das obwohl wir beide wahrlich nicht dass einträchtigste Leben miteinander führen."

Der Hase antwortet dem Fuchs wohlgesonnen.

„Ihr glaubt ja gar nicht welche Furcht mich überkam, als ich euch sah. Auch jetzt zittern mir die Hasenknie. Doch sind wir nicht alle lebende, liebevolle Geschöpfe und leben gemeinsam unter einem Sternenhimmel? Ihr Meister Reinike wart halb erfroren und hattet Hunger. Wie könnte ich zusehen und miterleben wie ihr dahin siecht. Trotz meiner Angst spürte ich etwas Warmes und Kraftspendendes in mir, das mich das tun ließ, was euch das Leben gerettet hat.

Mir ist unsere Verschiedenheit bewusst und auch das was uns vereint.

Ich habe genügend Vorräte für uns beide gehortet.

Bleibt noch eine Weile oder zieht weiter eures Weges.

Gar so wie es euch beliebt." Berührt von Meister Lampe´s Worten legt Meister Reiniken sich um den Hasen.

„Ich verweile noch ein wenig und nehme euer Angebot an.

Als Ausgleich und Dank gebe ich was ich momentan zu geben vermag.

So verbringen Fuchs und Hase einen Teil des Winters gemeinsam im Bau von Meister Lampe.

Levi teilt seine Vorräte und Mael hält den Hasen mit seinem dichten Pelz wohlig warm.

Und glaube es oder glaube es nicht – Weit über die Grenzen des Landes erzählt man sich heute noch diese Geschicht´.

- Ende -

# -Kiko und das Auge des Tigers-

**K**ennst Du schon Kiko?

Kiko ist ein Kind so wie Du und lebt nun schon seit sechs Jahren auf diesem Planeten.

Es ist der letzte Tag der großen Sommerferien.

Kiko erwacht aus unruhigem Schlaf.

Die Sonne blinzelt durch den Vorhang und kitzelt Kiko an der Nase.

Heute ist Kiko's großer Tag. Heute ist der Tag der Einschulung. So lange hat sich Kiko auf diesen Tag gefreut. Doch heute würde Kiko viel lieber im Bett liegen bleiben. Die Mama ruft schon das dritte Mal, dass das liebe Kind doch bitte aufstehen mag.

Da hört Kiko schwere Schritte die Holztreppe hinauf steigen.

Es ist Opa Chiron .

Leise klopft er an die Tür. "POCH,POCH". „ Kiko, darf ich ins Zimmer hinein kommen?"

Ein von der Bettdecke gedämpftes „Ja!" erlaubt Opa Chiron den Zutritt.

„Kiko, heute ist doch dein großer Tag. Möchtest Du diesen lieber im Bett verbringen?"

„JA!" brummt es unter der Bettdecke hervor.

„Mein Bauch zwickt, ich habe komisch geträumt und müde bin ich auch noch."

Kiko kuschelt sich noch viel enger in seine Deckenhöhle ein.

Opa legt seine Hand auf die Decken und spürt Kikos Herzschlag.

„Kiko!" sagt er wissend. „Kiko, das klingt eindeutig nach Hiamoe-moe, was so viel wie ‚schlafender Tiger' bedeutet.

Das ist des Abenteurers größte Herausforderung. Erst hat der Abenteurer GROooßE Pläne, ist freudig erregt, kann seine Abenteuer kaum erwarten und dann kurz vor Tagesanbruch überkommt ihn das heimtückische Hiamoe-Moe Gefühl.

Das kenne ich auch sehr gut!" erklärt Opa Chiron.

„Woher willst Du das denn kennen?" fragt ihn Kiko.

„Oh, Kiko!" erwidert der Opa. „ Dein Opa stand auch schon vor sehr vielen Abenteuern und mir begegneten schon viele wilde Abenteurer, die mir ihre Geschichten vom eigenen ersten großen Abenteuer erzählten. Alle kannten sie Hiamoe-moe".

Kiko blinzelt unter seiner Bettdecke hervor. „Und wie haben sie den schlafenden Tiger aufgeweckt?"

Er kriecht aus seinem Bettdecken und Kissen Bollwerk heraus und setzt sich neugierig neben Opa Chiron.

Opa legt seinen Arm um Kiko, atmete ganz ruhig und schaute zum Fenster hinaus. Er hatte diesen einen besonderen Gesichtsausdruck den Kiko gut kannte. Immer wenn Opa ins Land der Geschichten mit ihm reist wird er erst ganz ruhig, brummte ein leises „mhmmm" vor sich hin und beginnt zu erzählen.

„Gar nicht weit von uns entfernt lebt Thoralf. Ein mächtiger, großer, starker imposanter junger Mann. Er strotzt geradezu vor lauter Kraft. Er erzählte mir von seinem Erlebnis von Hiamoe-Moe und wie er den schlafenden Tiger wach rüttelte.

Er stellte sich neben sein Bett. Stampfte links mit dem Fuß auf, stampfte rechts mit dem Fuß auf und begann sich wild und kräftig auf die Mitte der Brust zu trommeln. Er bemerkte dabei, dass etwas in seinem Körper anfing zu kribbeln.

So klopfte er wild weiter.

Thoralf spürte einen Klang in seinem Bauch der seinen Weg nach draußen suchte. So half er dem Klang und brummte ein tiefes „MHHHMMMOOOOaaaaHHH". Bis daraus ein lautes, kraftvolles Tigerbrüllen wurde. Und wie dieser Thoralf brüllte. Dieses Brüllen erfüllte ihn und gab ihm Kraft.

Er spürte ganz genau, dass der Tiger nun nicht mehr schlief.

Von diesem Tag an wusste Thoralf wie er seinen Tiger wecken konnte."

Kiko sah Opa Chiron beeindruckt an. „Kennst Du noch eine Möglichkeit den Tiger zu wecken?"

Opa Chrion lächelt und beginnt erneut zu erzählen.

„Im Land aus Eis wohnt Ahna. Dieses junge Mädchen stand auch einmal vor ihrem ersten großen Abenteuer. Hiamoe-Moe hatte sie mitten in der Nacht erwischt. Völlig aufgelöst lag sie auf ihrem Rentierfellbett. Ahna war sehr weise, klug und hatte immer eine Idee wie man ein Problem lösen konnte. Sie raffte sich auf und fragte ihren Geisthelfer der sie stets begleitete, was sie nun am besten machen solle. Dieser kommunizierte mit ihr über Bilder und Gefühle.

Er zeigte ihr eine müde See Robbe die sich ins Eis-Meer gleiten ließ und wie ein ‚Flitzepfeil' durch das Wasser sauste.

Ahna wusste nun genau was zu tun war. Sie ging ins Badezimmer und duschte sich eiskalt ab.

Sie prustete, jauchzte, jodelte freudig auf. Dabei bemerkte sie dieses wunderbare kribbeln und diese Freude aufsteigen.

Sie rubbelte sich richtig fest ab und gab wilde und lustige Töne von sich. Ihr schlafender Tiger war nun erwacht und sie konnte sich dem großen Abenteuer widmen."

Kichernd saß Kiko auf dem Bett. „Kalt duschen? Brrr, das geht doch nicht?" Opa grinste Kiko an „genau das ist der Trick vom schlafenden Tiger. Ja nichts zu unternehmen, das ihn wecken könnte!

Du musst deinen schlafenden Tiger genau kennen lernen!"

Er erklärt weiter. „Im weit entfernten Sibirien lebt Akula.

Vor seinem großen Abenteuer überraschte ihn auch Hiamoe-moe. Er bat seine Freunde Musik zu machen und zappelte den schlafenden Tiger einfach wach.

"Opa Chiron fügt hinzu „Und Arinya aus Australien bat ihre Eltern, sie auf beiden Seiten leicht abzuklopfen. Der Vater stand rechts und die Mutter links von ihr. Sie begannen an den Füßen, wanderten die Beine hoch, klopften sanft die Hände und die Arme ab. Klopften vorne auf der Brust und im Uhrzeigersinn auf dem Bauch. Klopften von unten nach oben sanft die Wirbelsäule und den Rücken hinauf. Klopften Nacken und Schultern ab und letztendlich klopften sie den Kopf wie prasselnder Regen ab. Arinya fühlte die Kraft des nun wachen Tigers und stellte sich mutig ihrem Abenteuer."

Kiko wurde immer interessierter an den Möglichkeiten den schlafenden Tiger zu wecken.

Opa Chiron erzählt inspiriert weiter. „Aroha aus Neuseeland hatte für sich herausgefunden, seinen schlafenden Tiger mit besonders tiefen Atemzügen durch Ein- und Ausatmen zu wecken. Er wurde dabei so lebendig, dass Hiamoe-Moe so schnell verschwand wie es aufgetaucht war."

Kiko bittet um noch mehr Erzählungen aus aller Welt.

Opa Chiron kommt der Bitte nach und erzählt weiter.

„Im Hinterland des weiten und bezaubernden Orients lebt Nahid.

Nahid fing nach den ersten Anzeichen des Hiamoe-Moe an, sich auf der Stelle rhythmisch im Kreis zu drehen.

Nahids schlafender Tiger schlief darauf hin nicht mehr lange."

Opa Chiron hält kurz inne und beginnt von neuem.

„Von einem ganz besonderen Aufwecken des schlafenden Tigers möchte ich dir noch erzählen.

Die Geschichte handelt von *Aarunya* dem Waldling Mädchen. Sie lebt in einem Baumhaus im schönen Auenwald nahe dem großen Wasserfall. Trotz sorgfältiger Vorbereitung und dem ausgeprägten Abenteurertatendrang erfuhr Aarunya was es bedeutet von jetzt auf sofort ganz plötzlich Hiamoe-Moe zu spüren. Plötzlich traute sie sich nicht einmal mehr aus ihrer Waldlichtung heraus.

Verängstigt über das was unbekannt vor ihr lag hielt sie sich nur noch in der Nähe ihres Lieblingsbaumes auf.

Auf diesem saß Iora das Waldeichhörnchen und betrachtete das Geschehen.

Es spürte die Unsicherheit und Angst des jungen Mädchens.

Es lief direkt zu dem Hüter-Engel des Waldes Ayami und beriet sich mit ihm.

Dieser hatte eine starke unterstützende Medizin, die er Iora mitgeben konnte. Es war ein Kristall-Amulett von goldbrauner Farbe und einem bezaubernden Schimmer.

Das Eichhörnchen schnappte sich freudig das Amulett und sauste zurück zu Aarunya, die immer noch an dem Baum stand, der ihr Sicherheit gab. Iora das Eichhörnchen übergab Aarunya das Amulett. Aarunya erkannte das ihr überreichte Geschenk.

Es wurde das ‚*Auge des Tigers*‘ genannt. Es verhalf seinem Träger zu besonders viel Mut, Ausdauer und Konzentrationsfähigkeit auf die wesentlichen Dinge.

Aarunya legte es sich um den Hals. Zeitgleich spürte sie ein Gefühl erst zart und sich immer weiter ausdehnend, dass es sie vor Freude jauchzen ließ. Hiamoe-Moe hatte keine Chance mehr.

Der Tiger erwachte durch die Hilfe des Talismans.

Nun brauchte sie keine Angst mehr vor dem Unbekannten zu haben. Kein mulmiges Gefühl mehr vor dem was wohl als nächstes auf sie zukommen würde.

Voller Lebensfreude beschritt sie ihren Weg und wurde zu einer mutigen und erfolgreichen Abenteuerin.“

Kiko ließ die Magie der Geschichte auf sich wirken.

Hiamoe-Moe war noch da, dass konnte sie spüren.

„Opa!" sagt Kiko „ ich möchte gleich einmal ausprobieren wie ich den Tiger aufwecken kann."

„Ich werde dich dabei unterstützen." , sagt Opa Chiron.

Kiko wird etwas ruhiger. „Opa, meinst du ich erhalte auch einmal solch ein starkes Amulett?"

Opa Chiron beruhigt Kiko." Wenn dein Schutzengel das jetzt gehört hat, wird er sicherlich den Tieren, Zauberwesen und Engeln der Natur Bescheid geben. Und wenn der Moment passend ist, wirst du die Unterstützung erhalten die gerade notwendig ist.

Besonders wichtig ist auch sich gewahr zu werden, dass man immer gute Freunde und seine Familie um sich herum hat. Selbst ein guter Freund und liebevoller Mensch zu sein ist die beste Voraussetzung gemeinsam mit anderen die wildesten Abenteuer zu bestehen. Nun lasse uns dieses Hiamoe-Moe loswerden, den Tiger erwecken und ausgiebig Frühstücken gehen. Damit du gut vorbereitet bist für dein bevorstehendes großes Abenteuer.

Man wird ja schließlich nur einmal als Schulkind eingeschult."

„Danke, Opa. Ich bin so froh dass es dich gibt."

Kiko umarmt Opa Chiron ganz fest. Dann stellt Kiko sich hin. Stampft mit dem linken Fuß auf. Stampft mit dem rechten Fuß auf. Trommelt wie wild auf der Brust herum und brüllt wie ein wild gewordener Tiger.

Kikos innerer Tiger ist nun auch erwacht.

Sie macht sich mutig auf zu neuen Abenteuern …

- Ende -

# -Ich bin bei Dir-

Einige von euch hören diese Geschichte zum ersten mal. Anderen begegnete sie sie bereits in vielerlei Form und Erzählungen.

Es ist eine Geschichte die ihren Ursprung hat in einer Zeit der Verbundenheit, dem Leben in Rhythmus der Gezeiten und Hingabe an den jeweiligen Moment, im Einklang mit dem Umgebenden und dem Leben in seiner ganzen Pracht.

Die Menschen zu dieser Zeit wussten durch Intuition, wann es so weit war, sich zur Entfaltung des eigenen Selbst einem Wandel hinzugeben.

Sie wussten um die kleinen und großen Initiationen des Lebens.

Wir befinden uns zu dieser Zeit in einem Dorf das vollkommen in die Natur eingebettet ist.

Die Sonne erhebt sich gerade über den Horizont.

Es ist dieser eine magische Moment, wenn die Göttin der Nacht das Zepter übergibt an ihre Schwester Aurora der Göttin des Tages und ihr das Königreich überlässt.

Das erste Licht des Tages breitet sich über das Land aus.

Einige dieser Strahlen bahnen sich ihren Weg durch die offenen Nähte von Yuka´s Behausung.

Diese kitzeln ihn an der Nasenspitze und flüstern ihm zu „Wache auf Geliebter, deine Zeit ist gekommen!"

Yuka der sich noch auf der Schwelle zwischen Traum und Realität befindet, wird von der Berührung des Lichtes liebevoll geweckt. Er vernimmt durch diese Berührung seine Botschaft und weiß was heute für ihn ansteht. Er packt seine Ausrüstung und bereitet sich für den großen Tag vor.

Er begibt sich nach draußen zu seinem Vater Aruna, der bereits seit Stunden wach ist und die Tiere versorgt. Er hatte des Nachts eine Vision des heutigen Tages und bereitet ebenfalls alles für das kommende Ereignis vor. „Nun ist es soweit Yuka!

Mein geliebter Sohn." Begrüßt ihn sein Vater.

„ Ja, Vater. Das Licht der aufgehenden Sonne hat mir heute Morgen die Botschaft überbracht." Antwortet Yuka seinem Vater. „ Bist du bereit mein Sohn?" fragt ihn sein Vater liebevoll.

„Ich weiß nicht Vater. Ich habe Angst. Auch das Vorbereiten fiel mir schwer. Wie kann ich mich auf etwas vorbereiten, dessen Verlauf und Ausgang mir vollkommen unbekannt ist?"

Aruna ermutigt ihn „Sei dir gewiss mein Sohn, wenn die Ahnengeister uns Zeichen senden, dürfen wir diesen vertrauen und ihnen in Hingabe folgen."

Yuka lächelt schon wieder etwas mehr und nimmt all seinen Mut zusammen. Die Worte seines Vaters geben ihm stets Kraft und Zuversicht, um dem Leben zu vertrauen. Er wendet sich seiner Mutter zu und verabschiedet sich von ihr „ Mutter, ich ziehe nun los. Mein Herz ist voller Dankbarkeit für deine aufrichtige Liebe." Mit strahlendem Lächeln nimmt sie ihren Sohn in die Arme „Oh, geliebter Sohn. Yuka, hellster Stern von allen, mein Kind. Ich lasse dich ziehen. Ich segne Dich in Liebe mit der weiblichen Kraft deiner Ahnen. Möge dir stets dein Weg entgegen eilen. Möge aus den Samen die du sähst wunderschöne Blumen wachsen. Begegne dem Leben in Zuversicht und Offenheit!" sie legt die Hände auf seine Brust „Ich bin bei Dir!" Mit einem Kuss auf die Stirn verabschiedet sich Yuka´s Mutter von ihm. Auch seinen Geschwistern, Freunden und Verwandten wirft er einen Blick des Abschieds zu. Er ist sich gewiss, so wie er sie jetzt wahrnimmt, wird er sie nie wieder sehen.

Freude und Dankbarkeit für die vielen gemeinsamen Stunden umschmeicheln seine Augen und sein Lächeln des Abschieds.Sein Vater klopft ihm ermutigend auf die Schultern. Das Zeichen nun fort zu gehen. Es ist anders als gewohnt. Heute geht nicht sein Vater voraus, sondern Yuka ist es der voran schreitet um seinen Weg und seine Richtung zu bestimmen. Sein Vater Aruna läuft immer mit Abstand ein paar Schritte hinter ihm. Yuka folgt seinem inneren Kompass, seiner Intuition. Er spürt wohin er gehen soll und folgt diesem Gefühl.

Nach einem halben Tagesmarsch erreicht er den heiligen Hain. Ein Platz voller Magie, Kraft und Energie. Ein heiliger Platz seiner Vorfahren. Hier wird er sein Lager aufschlagen. Dabei drei Tage und Nächte mit verbundenen Augen auf dem „Großvater", so nennen sie den alten mit Moss bewachsenen Felsen, sitzen.

Nach einer Reihe von Reinigungszeremonien und Schutz-Ritualen, deutet Aruna seinem Sohn, dass es nun an der Zeit ist seinen selbstbestimmten Platz einzunehmen. Yuka setzt sich in Gebetshaltung auf den Fels. Sein Vater bindet ihm die Augenbinde um. Legt ihm beide Hände auf die Schultern und überträgt ihm den Segen der männlichen Ahnen. Er spricht zu Yuka „Ab jetzt mein Sohn bist du für die kommenden drei Tage und Nächte auf dich allein gestellt.Nur der große Geist weiß nun um deine weitere Zukunft und all dem was er dir die kommenden Tage senden wird. Verabschieden werde ich nun mein Kind. Lasse dich ziehen und deinen eigenen selbstbestimmten Weg gehen.

Auch Aruna küsst seinen Sohn zum Abschied auf die Stirn, darauf entfernt er sich von ihm. Kaum hat sich der Vater entfernt, fängt Yuka´s Gedankenkarussell an und sein kindliches Gemüt spielt ihm allerlei düstere Szenarien vor. Von Stunde zu Stunde werden die inneren Bilder, begünstigt durch die teils unbekannten Geräusche des Waldes, immer lebhafter. Er gibt sich seiner Angst hin um die kommenden Tage und Nächte auf seinem Felsen zu sitzen.

Des Tages meint er die sanfte kühle Haut einer Schlange über seinen Schenkel kriechen zu spüren. Auch den Schrei eines Steinadlers vernimmt er ganz deutlich über ihm. Die Nächte sind kalt und die Lautstärke der Geräusche aus nah und fern wirken des Nachts intensiver. So nimmt er wahr dass sein Geruchssinn immer schärfer zu werden scheint.Der würzig beißende Geruch eines Fuchses steigt ihm in die Nase. Als ihm der Geruch des Maggie-Krauts um die Nase weht, bekommt er es mit der Angst zu tun. Dies bedeutet es sind Wildschweine ganz in seiner Nähe. Zu dem eindeutigen Geruch gesellen sich grunzende Laute und die Geräusche von aufwühlender Erde. Er spürt wie ihn die Angst zu lähmen versucht. Yuka vernimmt dabei eine leise Stimme.

„Erliege der Angst und ihren Folgen oder besinne dich auf den Moment. Nehme exakt wahr was der Moment für Dich bereithält. Welche Botschaften hat er für Dich? Welche Geschenke liegen in ihm?" Der Stimme folgend konzentriert Yuka sich auf seinen Atem und nimmt dabei sein gesamtes Umfeld wahr. Er spürt dass ihn gar nichts umgibt was ihm schaden wollen würde.

Mit dieser Erkenntnis schläft er erleichtert voller Vertrauen ein. Vom Aufprall eines umstürzenden Baumes wird er aus dem Schlaf gerissen. Gefolgt von deutlich hörbaren schweren Schritten. Nicht im Ansatz daran denkend die Augenbinde abzunehmen, ist er sich sicher dass Gevatter Bär sich seinem Sitzplatz nähert.Er spürt seinen warmen nach Wurzeln, Erde und Kräuter riechenden Atem in seinem Gesicht. Tief und forschend beschnüffelt ihn der Bär. Yuka's Herz schlägt wie wild. Wieder ertönt diese sanfte und leise Stimme in ihm. „ Was ist es was dir Furcht bereitet? Ist es denn wahr dass dir Gefahr droht? Oder versucht dein kindliches Gemüt dir bloß einen Bären aufzubinden? Sind es nicht Erinnerungen, Erzählungen von anderen oder alte Geschichten die dich vor Angst erstarren lassen? Wenn sie nicht real und wahr wären, was würdest du genau jetzt mit all deinen dir zur Verfügung stehenden Sinnen wahrnehmen?" Voller Vertrauen in diese Worte, spürt Yuka ein Wohlwollen um sich herum. Ein angenommen sein und integriert in den Ablauf des hier vorherrschenden Treibens. Ziemlich sicher gerade vom Fürst des Waldes berührt worden zu sein, harrt er die letzten Stunden seiner Initiation aus. Durch den Gesang der Vögel und den typischen Geräuschen der nachtaktiven Lebewesen des Waldes, weiß er es ist die letzte Nacht angebrochen. Diese letzte Nacht ist die heilige, die alles vollendende Wachnacht. Sich voll und ganz seinen Visionen hingebend, zieht seine Kindheit vor seinen inneren Augen vorbei, bis zum jetzigen Augenblick. Seine Ahnen begrüßen ihn und er erkennt seinen Platz und seine Aufgaben zum Erhalt und zur Unterstützung der Sippe. Wieder ist es der zarte Kuss des Sonnenstrahls der ihn sanft an der Nasenspitze berührt.Nun ist es soweit die Augenbinde abzulegen und mit neuem Blick auf die Welt zu schauen. Etwas steif sind in den letzten drei Tagen seine Glieder geworden. Jede seiner Bewegungen vollzieht er langsam und bewusst. Er nimmt die Augenbinde ab, öffnet seine Augen und lächelt. Tränen der Freude, der absoluten tiefen Dankbarkeit, laufen über seine Wangen hinab. Das was er nach drei Tagen in Dunkelheit als erstes im Morgenlicht erblickt ist sein Vater Aruna.

Einige Meter von ihm entfernt sitzt Aruna in Gebetshaltung vor ihm. Auch er lächelt und Tränen der Freude rinnen die väterlichen Wangen hinab. Er nickt Yuka liebevoll und zustimmend zu. Yuka ist sich nun gewiss, sein Vater ist die ganzen drei Tage nicht von seiner Seite gewichen.

Er setzte sich als Kind auf den großen Felsen und erhebt sich als Mann.

Gemeinsam mit seinem Vater macht Yuka sich auf den Heimweg zurück in die Siedlung.

Er weiß nun wo sein Platz ist und nimmt ihn mit Freude und Hingabe ein.

Mit der Gewissheit durch die Kraft und dem Segen seiner Vorfahren stets Halt im Leben zu verspüren lebt er ein freudiges und erfülltes Leben.

- Ende -

# -Die Prüfung-

Weit über alle Berge vernahm man die Neuigkeiten. Der Wind trug diese durch tiefe Wälder, über Flüsse und Seen, bis in die entlegensten Ecken des Landes.

Mes´chia Großwesir und Magier des Landes wird, wie er es in seinen Visionen voraus gezeigt bekommen hat, beim kommenden Neumond seine menschliche Hülle ablegen.

Doch zuvor wird er drei seiner ehrenwertesten Schüler einer Prüfung unterziehen um somit sicherzustellen, dass das Land und das Volk einen neuen und fähigen Vermittler zwischen den Welten erhält.

Seine Schüler versammeln sich im Tempel von Kaitan.

Nahe der Stadt Abyssz.

Im Zentrum des ovalen Gebäudes steht der Hohesitz des Magiers Mes´chia. Erhaben und in reiner Präsenz sitzt er vom Schimmer und Klang des Diesseits und des Jenseits umgeben auf dem Thron.

Seine Schüler, die die Meldung erhalten hatten, dass ihr Meister sie ein letztes mal zu sich ruft, setzen sich kniend in einer Reihe vor ihm hin.

Mit mächtiger Stimme beginnt er seine Schüler zu unterweisen „Seid gegrüßt ihr gelehrigen Schüler. "

Wie ihr unschwer erkennen könnt, sind es nur noch wenige Stunden bis sich mein weltlicher Körper von meinem geistigen Selbst lösen wird. Davor werdet ihr beweisen müssen wer von euch bereit ist mein Amt zu übernehmen. Ich werde jeden von

Euch einer Prüfung unterziehen. Jede davon wird euren Grad an Reife und Reinheit repräsentieren. Ich stelle jeden einzelnen von euch drei vor ein Rätsel, das es zu lösen gilt."

Mes´chia wendet sich an einen der vor ihm sitzenden jungen Männer.

„Du, Izad als Jüngster fängst an.

Das Rätsel lautet: Was überdauert selbst den Tod, hilft jedem in seiner Not, man kann es nicht wecken noch auf ewig verbergen oder auf ewig im Geheimen verstecken?!"

Die Worte des großen Magiers auf sich wirken lassend, sitzt Izad mit geschlossenen Augen da.

Er spürt dass die Antwort irgendwo in ihm zu finden ist. Als er ein sanftes Kribbeln im Bauch spürt, teilt er seine Antwort mit.


„Oh, Großherziger, die Antwort auf Euer Rätsel lautet

` die *Liebe*´!

Sie wirkt weiter über den Tod hinaus. In Liebe übersteht man die größte Not. Man kann sie nicht wecken, da sie allgegenwärtig präsent ist. Und trägt man die Liebe in sich ist dies für jeden sichtbar."


Freudig bekräftigt Mes´chia die gegebene Antwort.

„Ja, sehr richtig mein guter Junge. Nirgends anders als in dir und durch dich konntest du diese Antwort finden."

Darauf wendet sich Mes'chia seinem zweiten Schüler Peri zu.

„Nun dann, hier ist das zweite Rätsel, das geht an dich Peri: Dem Stärksten unter euch traue das Schwächste zu. Dem kleinsten unter euch das Schwierigste. Hege und pflege es wie eine zarte Blume, doch lasse sie nie durch jemanden anderen schätzen, noch vergleiche sie mit den Gärten anderer."

Mit Zuversicht nimmt Peri sein ihm gestelltes Rätsel entgegen. Er zögert kurz doch dann erinnert er sich was er in seiner Ausbildung als Adept gelernt hatte.

Wissend trägt er seine Antwort vor. „Oh Weiser unter den Wissenden. Das im Rätsel Gesuchte ist wonach viele Menschen unter uns da draußen suchen und nur einige in sich finden.

Es ist der Aspekt des `*Respekts*´

Dieser wird in dem mir gestellten Rätsel gesucht."

Der Erz-Magier antwortet deutlich erfreut über diese Antwort. „So zolle ich dir Achtung mein Schüler für diese exzellente Antwort."

Der Erz-Magier wirkt immer lichtvoller und seine Präsenz scheint simultan mit der hiesigen und der dortigen Welt in Verbindung zu treten. Er wendet sich seinem dritten Schüler Akuna zu.

„Nun Akuna, der du am längsten in meiner Lehre warst, hier ein Rätsel für dich: Was wird fälschlicherweise in Stolz gehüllt.

Mit Prunk, Gold und Macht gefüllt. Es ist niemals das was man von ihm denkt, sondern durchwoben von Hingabe in dem man den großen Geist erkennt?"

Nachdenklich nimmt Akuna das Rätsel entgegen und spricht. „Oh, leuchtendes Beispiel, mein Meister. Es erscheint mir als ob ich die schwierigste aller Fragen erhalten habe.

Doch ihr kennt meinen scharfen Verstand und so gebe ich des Rätsels Lösung preis.

Das Gesuchte ist die `Ehre´.

Viele Gesichter hat sie. Viele machen sie sich zu Eigen.

Doch ist es ein heiliges Gut, das darzubringen ist wie ein Geschenk, ein Dank von Seele zu Seele."

Mit prüfendem Blick und wohlgesonnener Miene stimmt der große Magier im zu: „ So ist es Akuna, weise hast du deine Worte gewählt. Es bleibt nicht mehr viel weltliche Zeit. Lasst uns zum Abschluss kommen und meinen Nachfolger bestimmen.

Steht nun alle auf und stellt euch vor mich hin."

Wie ihnen geheißen wurde stellen sich die Adepten vor ihrem Meister auf.

Mes´chia legt seinen Mantel ab, entledigt sich seiner Schuhe und der kompletten Ritualbekleidung.

Er greift zum Stab des Ältesten und legt ihn zu den fein säuberlich platzierten Kleidungsstücken.

Er spricht zu den Anwärtern. „Meine Schüler, es ist der Moment gekommen an dem einer von Euch den Platz als Wesir und Hohe-Magier des Landes einnehmen wird.

Nun denn, derjenige unter euch der sich gerufen fühlt meinen Platz einzunehmen, ergreife meine Kleidung und den Stab des Ältesten!"

Hastig greifen Akuna und Peri nach den Kleidungsstücken. Beide sind von sich überzeugt der richtige zu sein, der dieses Amt bekleiden sollte. In Eile legen sie ein Kleidungsstück nach dem anderen an. Izad der jüngste unter ihnen schaut dem Spektakel nur zu. Mit einem Schritt zur Seite distanziert er sich davon. In das Handgemenge stobt eine gewaltige Stimme.

„STOP!" Wie vom Blitz getroffen bleiben Peri und Akuna stehen. Mit gewaltiger Macht in der Stimme setzt der Magier nach. „Peri, Akuna beendet euer Streben nach Macht, sofort!"

Er wendet sich dem Jüngsten zu."Izad, sprich. Wieso stehst du wie angewurzelt da und unternimmst nichts um den frei werdenden Platz einzunehmen?" In völliger Ruhe und Klarheit gibt Izad dem Erz-Magier zu verstehen. „Meister, ich spracht davon euren Platz einzunehmen und gebt uns eure Ritual-Kleidung und die Gegenstände der Macht. Wahrlich repräsentieren diese all das, was das Volk braucht, um sich durch diese Erkennungsmerkmale eines Anführers sicher zu fühlen.

Jedoch betrachtet meine beiden Mitstreiter wie sie da stehen.

Sie streben nach etwas weit außerhalb von ihnen selbst.

Wie sie in euren großen Kleidungsstücken versinken.

Sie verlieren sich in eurer Größe und Macht.

Seht euch Akuna an, wieviel Kraft er aufbringen muss um euren Stab des Ältesten tragen zu können. Nein, Meister!

Das ist nicht mein Weg den ich gehen möchte! Ihr habt mich so viel gelehrt, mich vorbereitet auf die Welt um in ihr und mit ihr in Eintracht zu leben. Diesen Weg werde ich weiter beschreiten und mit eurem Segen, oh Großherziger, möchte ich euch bitten mich in eurem baldigen neuen Gewand der Hüllenlosigkeit weiter zu begleiten und mich lehren wie ich mir mein eigenes Gewand der Macht nähe und die Kraft entwickle zur gegebenen Zeit auch einen Stab des Ältesten in Händen zu halten."

Mit diesen Worten schließet Izad seine Antwort ab und verneigt sich respektvoll vor seinem Meister.

Noch lange erzählt man sich von diesem entscheidenden Moment. Noch länger hört man Sagen umwobene Geschichten und Legenden vom weisen Wesir Izad, dem Großmagier des

Landes und seinen zwei heldenhaften Begleitern, Peri und Akuna die ihm treu ergeben sind bis zum ….

–Ende-

## -Wenn der Schüler bereit ist –

## -Zeigt sich der Meister-

Yael starrt zur Decke. Er orientiert sich im Zimmer und versichert sich dadurch, dass er nicht mehr träumt.

Berührt von der Begegnung im Traum, liegt er wie paralysiert auf seinem mit Fellen ausgelegten Bett. Sein Geist ist ruhig und klar, jedoch sein Puls rast wie ein Bergbach nach der Schneeschmelze. Er fühlt sich als hätte der große Geist selbst mit ihm im Schlaf gesprochen. Bis zum Sonnenaufgang liegt er regungslos da. Völlig vertieft und in sich gekehrt richtet er direkt nach dem Aufstehen ein Marschgepäck und Proviant her. „Wohin gehst du?" spricht ihn eine Stimme an.

Es ist seine Mutter. „Yael, hörst du mich? Wohin gehst du?" Durch das zweite Ansprechen kommt Yael mehr zu sich. „Mutter, ich gehe zum großen Fluss. Heute Nacht im Traum erschien mir eine Frau so schön und rein und erzählte mir ich solle mich zum großen Fluss begeben. Dort werde ich einen Meister treffen von dem ich lebensnotwendige Weisheiten erfahren soll." „Du hattest also eine Vision mein Sohn.

Es freut mich, dass du ihr folgst." Bekräftigt ihn seine Mutter. Mit einem Kuss auf die Wange und einer tiefen Verbeugung verabschiedet Yael sich von seiner Mutter. Leichten Fußes eilt er dem Fluss entgegen. Dort angekommen richtet er sich einen Sitzplatz ein und fängt an zu warten. Er wartet Stunde um Stunde doch niemand erscheint. Kurz bevor die Sonne den Bergkamm erreicht packt er seine Sachen zusammen und macht sich auf den Heimweg. Daheim angekommen begrüßt ihn seine Mutter freudig und ist gespannt auf die großen und weisen Lehren die ihr Sohn von der Begegnung mit dem großen Meister mittzuteilen hat. „Mein Sohn, berichte! Welche großen Lehren hast du erhalten die du nun mit uns teilen kannst?"

Mit großer Enttäuschung antwortet Yael. „Keine Mutter! Ich saß den ganzen Tag am Fluss und beobachtete seinen Lauf und all das lebendige Treiben um ihn herum. Jedoch von einem Meister fehlt jede Spur. Ich lege mich nun schlafen Mutter!"

Sie versteht die Enttäuschung ihres Sohnes und ließ ihn, ohne ihn weiter zu bedrängen, in sein Schlafgemach gehen.

Mitten in der Nacht reißt es Yael wieder aus dem Schlaf.

Erneut hatte er diese Begegnung im Traum. Doch dieses mal wurde ihm aufgetragen zum großen Donner-Felsen zu gehen. Dort wartet ein alter Meister auf ihn um ihm lebenswichtige Dinge beizubringen.

Direkt bei Sonnenaufgang macht Yael sich auf den Weg zum Donner-Felsen. Nach einer Legende ist dieser Fels älter als die Berge die ihn umgeben. Nach Stunden des vergeblichen Wartens trottet Yael missmutig nach Hause. Seine Mutter sieht die Niedergeschlagenheit ihres Sohnes und gibt ihm seinen benötigten Raum um mit sich und der Welt wieder ins Reine zu kommen.

In der dritten Nacht erhält er wieder eine Botschaft.

Bei Sonnenaufgang soll er zum ältesten Baum aller Bäume im Wald der Wandlung gehen. Dort werde er einen Meister treffen der ihm die Dinge des ihn umgebenden Lebens exakt erläutern werde.

So zieht Yael abermals bei Sonnenaufgang los um rasch im Wald der Wandlung anzukommen.

Er macht es sich unter einer alten Eiche bequem und wartet abermals auf einen Meister, der da wohl kommen mag.

Als er auch hier viele Stunden vergebens wartet, läuft er wutentbrannt nach Hause.

Wie ein Narr der willkürlichen Visionen folgt kommt er sich vor. Seine Mutter heißt ihn willkommen. „Mein Sohn, deinem Blick entnehme ich du hast wohl wieder vergebens gewartet?"

„Ja, Mutter! Zum dritten mal habe ich mich zum Narren halten lassen." Darauf legt Yael sich voll der Enttäuschen auf sein Nachtlager und schläft tief und fest. Im Gegensatz zu den vorherigen Nächten ist dies ein Traumloser Schlaf.

Als die Sonne schon hoch am Himmel steht erwacht Yael.

„Hey, du Faulpelz willst du den ganzen Tag verschlafen?"

Hört er seine Schwester aus der Küche rufen. Er steht auf.

Völlig matt und zerstreut streift er durch den bereits weit voran geschrittenen Tag. Ohne es beabsichtigt zu haben findet er sich neben dem Fluss sitzend wieder. Er betrachtet seinen mäandernden Verlauf, die Strömung und das sich Kräuseln der Wellen. Mit Faszination und wachem Blick nimmt er jede Einzelheit des Flusses sowie des sich darum abspielenden Lebens wahr. So sitzt Yael die nächsten 40 Tage und vierzig

Nächte mal am Fluss die Strömung betrachtend, mal vollkommen in Stille auf und an dem Donner-Felsen und des Weiteren unter den alten Bäumen im Wald der Wandlung.

An einem der Tage fragt ihn seine Schwester. „Bruder, wohin zieht es dich ständig die letzten Tage?" In vollkommener Ruhe gibt er zur Antwort. „Etwas in mir wird wie magisch hinaus gezogen in die Natur und an diese magischen Plätze. Dagegen mich zu wehren fällt mir nicht ein. Zu kostbar sind die Momente am Fluss, zu berührend die Stille am Felsen, zu heilsam die Gespräche mit den Bäumen!"

Mit jedem Besuch an den Naturplätzen werden seine Erfahrungen intensiver.

Bei jedem erneuten Betreten der heiligen Plätze kultiviert Yael eine Art Begrüßungszeremonie, in der er in Ehrerbietung, Dankbarkeit und Hingabe die Hüterin der Plätze und den großen Geist begrüßt.

In vollkommener Harmonie und im Frieden mit sich selbst erhält Yael am hellen Tag eine Vision.

In dieser Vision facht er ein riesiges heiliges Feuer an und versammelt all seine Verwandten, Nachbarn und Freunde.

Er vertraut auf die Intensität dieser Vision. Errichtet darauf ein heiliges Feuer und facht dieses zur Abenddämmerung an. Geladene Gäste sowie Interessierte, die von diesem Feuer Kenntnis genommen haben gesellen sich zu dem Kreis von Menschen die sich um das Feuer herum versammelt haben.

In einem Moment vollkommener Stille fängt Yael an zu erzählen. „Einst erhielt ich drei Visionen. In diesen wurde ich an drei verschiedene Naturplätze geführt. Dort sollte ein weiser Meister anzutreffen sein der mir allerlei Weisheit über das Leben mittzuteilen habe. Jedoch fand ich, durch meine damalige Sicht auf die Welt, nichts außer die vom großen Geist gegebene Natur wieder.

Über diesen so unbedeutenden Fund war ich so wütend, enttäuscht und voller Gram, meinem wohl so wirren Geist so vollkommen ausgeliefert zu sein.

Es blieb jedoch eine gewisse Faszination für die jeweiligen Naturschauplätze. So begann ich Tag ein und Tag aus diese weiterhin zu besuchen. Eine Verbundenheit und tiefe Liebe zur Natur und ihren Geschöpfen stellte sich ein. Ich spürte, dass die Natur meine Gedanken und allem voran meine Gefühle verstand. So wollte ich lernen mich mit ihr zu verständigen.

Vom Fluss lernte ich die Sprache der Hingabe und des steten Wandels. Dabei auch die Erkenntnis, dass ein Gefühl das an der Quelle jeder beliebigen Situation entspringt unbedingt gelebt sein möchte. Gelebt im expressiven Ausdruck einer Stromschnelle, eines Wasserfalls und die klare Annahme dessen was gerade ist, damit dieses Gefühl nicht wie ein versiegender Tümpel abgetrennt vom Fluss ausdörrt."

Was er wohl noch alles aus seinen Begegnungen gelernt hat wollen die begeisterten Zuhörer von Yael wissen. So beginnt er weiter zu berichten. „Am Donner-Felsen erfuhr ich absolute Stille. Es ist eine differenziertere Stille als die die ein Wanderer von einem beliebigen Stein ausgehend wahrnehmen wird.

Die Stille in meinem Erleben war extatisch und laut in ihrem Ausdruck. Erst dort merkte ich, wie getrieben und gehetzt ich im Inneren meines Selbst war. Ich störte mich ständig an dem Lärm und der Lautstärke um mich herum, ohne zu ahnen dass es nur ein Spiegelbild meines eigenen inneren Lärms ist.

Durch die Geschenke in der Begegnung mit dem Fluss und den Erkenntnissen im Kontakt mit der Stille des Donner-Felsens, konnte ich Allem in mir Raum geben um ins fließen zu kommen."

Völlig euphorisch feuern andere Zuhörer die sich dem Kreis um das Feuer herum anschlossen, Yael an weiter zu erzählen.

In freudiger Ruhe erzählt er weiter. „Im Wald der Wandlung erhielt ich ein ganz besonderes Geschenk.

Viele Stunden und Tage verbrachte ich dort. Ich betrachtete das völlig im Einklang funktionierende Lebenssystem.

Dabei tauchte ich in den Zyklus von Leben und Tod ein.

Ich spürte wie diese Lebewesen im ersten Anschein aus meiner Perspektive im Bezug zur Gesamtheit der Schöpfung vollkommen neutral wirken und ganzheitlich betrachtet vollkommen im Annehmen des momentanen Zustandes leben und dabei in die Abläufe der zyklischen Naturprozesse eingebunden sind.

So könnte man diese armen passiven Wesen bedauern.

Genauer betrachtet ist es jedoch ein aktiver aufbauender Akt der Zustimmung.


Wie eine zyklisch, sich immer weiter aufbauende Spirale.

Ich erkannte für mich in der Beobachtung dieser lebendigen Lebens-Spirale, dass beim Herauspicken eines beliebigen Moments zum eigenen Nutzen, diesem einen Namen gebend oder eine Bezeichnung, ich in diesen lebendigen und aktiven Lebensprozess eingreife. Dabei tritt bereits der Werde- und Sterbeprozess ein. Durch das heraus nehmen aus einem lebendigen Prozess und benennen eines Zustandes ist es im eigenen Sein bereits im Vergehen dem Tode geweiht.

Das bedeutet zum Beispiel dass durch Abspaltung, Bewertung oder der Identifikation mit einem Gefühl, einer Tat, eines Gedanken und Ähnlichem aus dem Lebensprozess, greife ich in die allgegenwärtige Lebendigkeit des Seins als Richter und Henker zur gleichen Zeit ein. Mit jedem unbewusst herbeigeführten Tod, töte ich stets einen Anteil in mir selbst ab und entziehe mich der Entfaltung meines Selbst.

Fühle und lebe ich dagegen jeden kostbaren Moment, bleibe ich in Verbindung mit dem großen Ganzen, es erblüht meine Lebensblume in voller Pracht und Schönheit.

So kann ich dir zusätzlich empfehlen, errichte keine Statuen oder Monumente deiner Selbst oder Dinge die lediglich Deinen Namen repräsentieren sollen. Dies wird dich in deiner allumfassenden Ganzheit hindern zu wachsen. Nutze lieber deine kreative Schöpferkraft wie der Baum, der seine Samen mit dem Wind quer über das Land verteilt. Bereite den Boden vor, dass neue Bäume in ganz eigener Qualität und Ausdruck wachsen und sich entfalten können."

Gebannt den Worten von Yael folgend richtet ein ungestümer Jüngling eine Frage an ihn. „Wenn du nie diese Meister getroffen hast, wie kommt es dass du uns diese Weisen darbringen kannst?" Mit einem liebevollen Schmunzeln antwortet Yael. „Wahrlich ich fand einen Meister! Doch an dem Ort an dem ich diesen fand, wagte ich zuvor nicht zu suchen.

Erst durch den Kontakt und die Kommunikation mit der Natur, erfuhr ich von einem Weg und einer Reise um zu diesem Meister zu gelangen."

„Das heißt ich könnte das auch schaffen?" Unterbrach ihn der Jüngling erneut.

„Ja, das könntest du! So wie jeder einzelne von uns hier aus dieser Besonderheit der Selbstmeisterschaft eine neue Normalität erschaffen kann!"

-   Ende   -

# Metamorphose-

## Von Anbeginn an

Seit vielen Jahren wandere ich nun durch diese Wüste. Getrieben von Verlangen und Wünschen die ich für Lebensnotwendig erachte. Von Zielen getrieben die sich mir seit meiner Kindheit eingebrannt haben. Eingebrannt in meine Glaubensstruktur, geführt von Ratschlägen durch Menschen die es nur „gut mit mir meinten". Jagen mich diese Stoß um Stoß und werfen mich aus meiner Ur-eigenen Mitte.

Verschwunden ist dadurch mein Hunger auf Leben.

Ich wurde mit den Moralvorstellungen der mich umgebenen Großen gemästet. Es war eine bittere Frucht die ich mich nicht auszuspucken mich traute um in vermeintlicher Sicherheit weiter ein Teil der Gemeinschaft zu bleiben.

Zu groß die Gefahr ausgestoßen zu werden.

So spiele ich mit und der Rucksack auf meinem Rücken wird immer schwerer. Zusätzlich beladen mit ungelebten Träumen und Wünschen meiner Vorfahren.

Angefüllt mit ungefühlter Trauer und Wut derer die vor mir da waren.

In der Ferne erkenne ich schemenhaft die Umrisse einer Fatamorgana. Es sind die Trugbilder und Projektionen meines verdrehten Geistes. Flimmernd am Horizont erkenne ich all diese „du solltest", „wenn du hättest", „du könntest wenn", „besser wäre".

Mir wird schwindelig. Ich verliere die Orientierung.

Diese Last des sich fremd anfühlenden Gepäcks zwingt mich in die Knie.

„Oh, kann mich denn keiner retten?" winsele ich vor mich her. Doch ich muss weiter. Getrieben, gehetzt von etwas, das weder Gestalt noch Namen hat.

So krieche ich unter der Last durch den Staub.

Er trocknet mir meine Kehle aus.

„Oh, dieser Durst!" tönt es rau aus meiner Kehle.

„Wo ist denn nur eine Quelle? Ein Wasser an dem ich mich laben kann?" Brülle ich mit letzter Kraft hinaus ins Land.

Wie tot fühlt sich jede Zelle an. Ausgedörrt ohne einen Funken Lebenskraft.

„Weiter! Weiter! Weiter, immer weiter!"

Dieses Mantra dröhnt in meinem Schädel.

„Einfach weiter machen, sicher ist sicher!" Säuselt es mir hypnotisch ins Ohr. Mehr und mehr zieht es mich zu Boden.

Ich spüre die reflektierende Glut unter mir und die fortwährende Hitze außerhalb, über und neben mir. Unter der Last der Hitze und dem unstillbaren Durst fällt mir das Atmen immer schwerer. Jammern, winseln, flehen ist's was als Ausdruck meiner Kraft ich noch expressiv nach außen tragen kann. Doch hier unten kann mich keiner mehr hören.

Ich bin allein!

Ein Rauschen und Brausen ist es, was ich noch in meinen Ohren wahrnehmen kann. Der Atem ganz flach.

Mein Blick kann nichts mehr erfassen oder sich an etwas festhalten. Meine Kraft schwindet und so schließe ich die Augen. Ein letzter Atemzug bahnt sich seinen Weg durch den Körper. Dann wird es ruhig und still. Vollkommene Stille.

„Wo bin ich hier?"

„Was ist dieser Ort?"

Nichts erscheint mir noch wichtig!

Ich spüre eine innere Leere.

Eine einhüllende Dunkelheit.

Vor mir erkenne ich schemenhaft die Umrisse einer Tür.

An der Schwelle unter ihr scheint etwas Licht hervor.

In mir wächst der große Wunsch dort hindurch zu gehen.

Als ob ich wüsste was sich wundervolles dahinter befindet, zieht es mich magisch zu ihr hin.

Neben der Tür erscheint ein schillerndes, leibloses Wesen.

Dieses deutet mir, dass ich bevor ich durch diese Türe gehen kann all mein Gepäck ablegen muss.

Ein innerer Konflikt entbrennt.

„Aber das geht doch nicht!" Schließlich sind das all die wichtigen Dinge und Geschichten aus der die Welt gemacht ist.

Die kann ich doch nicht zurück lassen! Woher weiß ich dann was zu tun ist? Wer bin ich denn dann noch?

„Ohne sie bin ich NICHTS!" brülle ich aus mir heraus.

Mit freundlicher Bestimmtheit ergänzt das Wesen.

„Löse dich von dieser Vorstellung! Denn ohne sie wirst du alles sein!"

Panik überkommt mich. Ich sträube mich, wälze mich auf dem Boden. Eine Zerrissenheit und ein gnadenloser Kampf in mir beginnen. In zwei Richtungen wird mein Selbst gezerrt und gezogen. Ich muss mich entscheiden.

Licht oder Schatten!? Wo willst du sein?

Es widerstrebt mir mich nur für einen Aspekt entscheiden zu müssen. Die Erinnerung an einen Zustand der Vollkommenheit macht sich breit.

Schmerzen befinden in meinem gesamten Bewusstsein.

Dieses getrennt sein.

Es bringt mich um den Verstand.

„STOP, aufhören! Bitte! Ich halte es nicht mehr aus!" Brülle ich.

Ich schreie aus voller Kehle „STOOOOOP!"

Mir wird übel. Es ergießen sich Ströme von Galle, Leid und Schmerz aus mir heraus.

Ich gebe mich dem Moment hin!

Kein Widerstand!

Vollkommene Hingabe!

Ich befinde mich im ZEN-trum!

Ich BIN in mir!

So beschließe ich, „ich belasse ich all eure Teile ganz bei Euch!

Und nehme all meine Teile ganz zu mir!"

In dieser Ruhe, Zuversicht und Ur-Kraft gehe ich auf die Türe zu.

Ich öffne sie.

Es wird gleißend hell.

Ich trete über die Schwelle, durch sie hindurch.

In das Leben!     ...

## -Epilog-

Reisend**er**, willkommen du bist nun angekommen.

Am Anfang

JETZT kann es losgehen…


## Lebe Jetzt !


Ich danke Dir


Von Herzen


Dein Wegbegleiter

Andreas Wehle

„Begegne der Welt in Offenheit und Staunen!"

www.Andreas-Wehle.de

https://wandlungspfade.teachable.com/

https://t.me/+P1L-RGOj4r1mYmQy